놈이었습니다
이덕규 시집

문학동네시인선 077 이덕규
놓이었습니다

시인의 말

    한여름 초록 들판을 전심전력으로 달려 건너온 푸른 사내의 심장을 녹즙기에 내려 마셨다. 이제 막 가을로 접어든 내 몸속에서 한결 맑아진 서늘한 도랑물 소리가 난다.

2015년 11월
이덕규

차례

2부

1부

이슬의 탄생

주로 식물에 기생한다 입이 없고
항문이 없고 내장이 없고 생식이 없어
먹이사슬의 가장 끝자리에 있으나 이제는
거의 포식자가 없어 간신히 동물이다
태어나 일생 온몸으로 한곳을 응시하거나
누군가를 하염없이 바라보다 한순간
눈 깜박할 사이에 사라진다 짧은 수명에
육체를 다 소진하고 가서 흔적이 없고
남긴 말도 없다 어디로 가는지
어디에서 오는지 알 수 없지만 일설에,
허공을 떠도는 맹수 중에
가장 추하고 험악한 짐승이 일 년 중
마음이 맑아지는 절기의 한 날을 가려
낳는다고 한다 사선을 넘나드는
난산의 깊은 산통 끝에
온통 캄캄해진 몸으로 그 투명하게
반짝이는 백치의 눈망울을 낳는다고 한다

여름

무성한 풀을 베었다

푸른 깃발을 들고 인해 전술처럼 밀려오는 녹색당 젊은 기
수들을 무참히 제거했다

초록 피비린내가 낭자했으나,

초록은 끝내 초록의 배후를 발설하지 않았다

온종일 초록을 헤쳐 베어도 속속들이 초록 일색일 뿐,

그 어디에도 초록을 틈타 초록을 건너려는 초록의 수뇌부
는 보이지 않는다

누굴까,

이 염천 땡볕 속 캄캄한 밀실에 숨어 이토록 완벽하게 초
록 혁명을 완수하는 자!

싹트기 전날 밤의 완두콩 심장 소리

한겨울 들판을 건넌 어린 완두콩 전사들이 마침내 적진
에 몸을 던졌다
적의 땅 깊숙이 숨어들어가 자폭하라

째깍째깍, 봄의 텃밭에 장전된 연둣빛 소년들의 심장 뛰
는 소리

집집마다 등화관제의 희미한 불빛 같은 신열을 앓으며 또
록또록, 숨죽여 밤을 건너는
핏발 선 눈동자들

언제쯤 품속에 감춘 사제 양철 폭탄의 안전핀을 뽑을 것
인가,

초록 성전 만세!

죽자마자 다시 태어난다는 불사의 푸른 완두콩 전사들이
화약 냄새 자욱한 지상전에 투입된다는 소문이 쫙 깔린 봄
밤이다

민들레 처형

공대지(空對地), 다연발 기관총 소리가 드르륵드르륵, 이
른봄 뒷동산 골짜기를 따라 자욱하게 넘어가고

무더기, 무더기로 낭자하다

노란 탄흔 속에 박힌 싸늘한 총상이 깊어

사경을 헤매는 자들이 꾸는 꿈속의
위독한 꽃밭에 누워 또다른 전선의 나에게 피 묻은 편지
를 쓴다

끙게질

큰 황소가 한겨울 먹고 놀면 사람이 생쥐만하게 보인다는
데요 무엇이든 그냥 닥치는 대로

꾹, 밟고 싶어진다는데요 아―흐, 몸이 근지러워

말뚝에 치대고 들이받고 비비는 놈을 바로 논밭으로 밀어
넣으면 씨근덕 불끈덕

삐뚤빼뚤 갈지자로 갈아대기 일쑤인데요

이른봄 아버지는 통나무 썰매 위에 일 마력짜리 발동기만
한 돌멩이를 올리고

먼지 뽀얗게 날리며 들판 몇 바퀴 뺑뺑이를 돌리는데요 이
른바 끙게질이라고 하는데요

맷돌 같은 어금니를 뿌드득 뿌득 갈아대며 메기수염 같은
끈끈한 침을 흘리며 등짝엔 시루떡을 쪄 얹은 듯 김이 무럭
무럭 피어오르는데요

반나절쯤 돌리고 마당에 들어서면

어라, 발굽 아래 설설 기던 사람들이 저보다 더 크게 보여
서 눈망울이 화등잔만해진다는데요

거짓말처럼 유순해져서 휘어진 논은 휘어지게 곧은 논은
곧게 다그치지 않아도

제가 알아서 가고 서고 하는데요

쟁기질 써래질로 몸이 천근만근이 되어 머리를 땅에 끌
고 돌아오는 날이면 또 캄캄해져서 아무것도 보이지 않는
다는데요

서리태 듬뿍 넣은 여물 한 구유 정신없이 먹고 고개를 들

면 그 크다란 눈동자 속에

　모종하고 비 맞은 수숫대처럼 웃자란 어린 주인이 우뚝 서 있었는데요 머지않아

　세상 갈지자로 마구 갈아엎고 다닐 그 껑충한 황송아지 이마에도 검지만한 뿔이 돋느라고

　개굴개굴 되게 가려운 저녁이었는데요

그 푸르던 봄 언덕

이른 봄날 학교 파하고
얼부푼 보리밭 밟으러 갔을 때,
왼발 왼발 왼발에 맞춰
식 량 증 산 구령 붙일 때,
일사불란 우리들 발밑에서는
지난겨울 혹한의
큰 사화(士禍)에 연루되어
끌려나온 소론 대신들의
흰 정강이 같은 서릿발,
우둑우둑
우두둑 부러지는 소리 들렸다

돌아보면 이랑마다
납작납작 엎드렸다가 곧바로
어긋난 뼈관절 맞추고
파릇푸릇 일어선
어린 새싹들
꽃샘바람 가르며 줄지어 떼 지어
넘어가던, 그 푸르던 봄 언덕

힘이 남아도는 가을

울퉁불퉁한 고구마 자루를 쏟으니
머리 맞대고 담배 돌려 피우던
고등학생 알머리 같은 것들이 우르르
몰려나온다 덩치만 컸지
대가리에 피도 안 마른 것들이

뭘 봐, 그러면서
학교 앞 짱깨집에서 배갈 각 일 병에
자장면 곱빼기 외상시켜 먹고
뿔뿔이 흩어져 숨었다가 잡혀온 놈들,

복도 마룻장에
우르릉 무릎 꿇는 소리

몸에 힘 빼!

축구공처럼 딴딴한 엉덩이에서
박달나무 몽둥이 텅 텅 텅
튕겨나가는 소리

파란 가을 하늘에 비행기 편대 솟구치는 소리

밥값 개값

비쩍 마른
개의 배를 가르자
일생일대(一生一代)의
흰 쌀밥 한 무더기가,
채 소화되지 않은
거룩한 슬픔이
죄스럽다 죄스럽다
어둔 수채 속으로
하얗게
숨어 흘러들어갔다

깡마른 얼굴에
모처럼 개기름이
자르르 도는
아버지들이,
장딴지가 홀쭉하고
까만 일벌레들이
개 먹은
값을 하느라고
하루종일 논바닥을
기어다니며
김을 맸다

비루먹은 해가
느릿느릿 산을 넘어갔다

금자 고모

여름 한낮, 마당 끝에 주저앉아
오뉴월 홍두깨 땡볕을
죽도록 얻어맞은 빈 드럼통이
벌겋게 부은 몸으로 뚜웅, 하고 우네

어디서, 투실투실 살 오른
한여름의 다리몽둥이를
분질러 앉히고 돌아왔는지
웃통을 벗어부치고
대청마루에 쩍 들러붙어
불콰하게 떨어진 사내의 막힌
귓구멍에 들릴 듯 말 듯

입을 틀어막고
간헐적으로 뚜―웅, 우네

감나무 아래 졸던
늙은 누렁개가 놀라 어리둥절
두리번거리다가
다시 앞발 위에 가만히 턱을 고이네

개가(改嫁)

약으로 쓴다는 뜸부기를
잘 잡는 사람이 있었다

짚으로 촘촘 엮은
망태 올무를
포란의
둥지 길목에 놓고서
부은 발등이 까만 그가
오뉴월 저녁노을 속에
가만히 서 있었다

뜸부기 울음까지를
약으로 쓴다는
늙수그레한
한약방 사람이 다녀가고

가는 발목에
새끼줄을 묶어
대문 설주에 매어놓은
어린 뜸부기가
흙을 집어먹으며 울었다

겨울비

몸속에 겹겹이 접혀 있는 흰 날개를 한 번도 펴보지 못하
고 떨어져 죽는
천사들의 비린 알몸 같은,

생각도 안 한 그 누가
내 생각의 조붓한 처마 밑 화단에
간신히 몸을 들이고
긴 동면(冬眠)의 헐은 배꼽을 헤쳐 꺼진 생각의 불씨를 골
똘히 찾고 있는
다년생 꽃나무의 캄캄한 구근을
젖은 발로 꾹꾹 밟으며 한참을 서성이다 가네

탈상(脫喪)

청련사 극락전 장지문 사이로 날아 들어온 눈송이 하나가
소매 깃에 사뿐히 내려앉았다

한 숨결에 사라진 흰빛 뒤에 맺힌 눈물방울이 그렁그렁
하다

내 손목 맥박 위로 가녀린 맥박 하나가 먼 나라 방언처럼
엇박자로 겹쳐지다 사라진다

눈물 얼룩이 말라가는 소매 끝에서 헤식은 재냄새가 난다

저녁의 익사체

눈물이 샘솟는 집에서 둥싯 떠오른 내 작은 몸이
때묻은 밀랍 인형처럼 노을 속을 둥둥 흘러다니던 저녁
이었어
하염없이 들판을 떠돌다, 초롱초롱
반짝이는 슬픔만을 골라 삼켜서 맑은 물이 흘러넘친다는
큰 연못에 이르렀는데, 거기
신발 한 짝을 빠뜨린 절름발이 한 소년이 쪼그리고 앉아
울고 있었어

연신 눈가를 훔치며
해거름을 맘놓고 우는 그 울음소리는 마치 즐거운 음악
놀이 같았지

안녕, 참 아름다운 노래구나
저음으로 가라앉았던 무거운 저녁의 음계들이
서늘한 수면 위로 떠올라
맑고 고운 미성의 하얀 맨발을 절룩이며
자욱이 건너가고 있었어

이윽고 아득한 지평선처럼 꼭 감은 소년의 두 눈 속으로
해가 지고 젖은 흰 뺨 위로
묽은 핏물 번지듯 땅거미가 내릴 때,
한결 맑아진 연못의 깊고 그윽해진 검은 눈동자 속으로 초

저녁 어린 별들이
　일제히 몸을 던지고 있었어

늦가을 소묘

1
가을걷이 끝난 들판
그 어느 습 찬 곳에서 낮게 웅크리고 본다
얻어먹지 못한 의붓자식처럼
지친 바람의 잔 숨결에도
쉽게 흔들리는
막 내린 시간의 검은 휘장을 빠끔히 비집고 나온
철 늦은 새 움 몇몇

몽환처럼 흐릿한, 그러나 몸을 곧추세우고
(살아 있어, 나 아직 살아 있다고)
저물어가는 날들 속에서
그 무엇을 찾는지
내면의 흐린 면경을 호호 불어
열심히 닦고 있는 것을

2
가을 내내 물 한번 주지 않은
난초에 물을 준다
그동안 어두웠던 생각의 방에 딸깍 불이 켜지듯
등줄기를 쓸어내린 물방울들이
수척하게 휜
난 촉대 끝마다 뉘우치듯

안간힘으로 매달린다

이쯤에서 죄(罪) 없으면 못 가!

미처 챙기지 못한 누군가의
맑은 시행착오 몇 방울씩 주렁주렁 매달고
이제 멀리 유형의 길 떠날 채비를 끝낸 저 투명한
공복의 정신들,
소슬하게 빛나는
가을 출구가 환하다

갈근탕을 다리는 저녁

마당을 쓸어 비우는데
바람이 자꾸 쓸어낸 검불을
마당으로 실어오는 거라
돌아가 쓸어내면 또다시
바람에 스스스 밀려오는 거라
밀려와, 이번엔 아예 빗자루를
부여잡고 우는 거라

이럴 땐,
빗자루를 마당 한가운데
슬며시 내려놓고 돌아서는 거라
집안으로 들어와
찬물로 얼굴 씻고 앉아 어서
날이 저물기를 기다리는 거라
이내 지친 빗자루처럼
어두워지는 방 가운데 누워
밥도 안 먹고 초저녁잠을
청해보는 거라

멀리 불어갔던
서느런 바람이 다시 돌아와
우리집 야윈 이마에 끓는
늦가을 미열의 서러움을 짚어보고

어두워지는 저녁
울 뒤 잎 지는 굴참나무숲으로
쏴아아, 갈근탕 다리는
소리를 내며 사라지는, 그
바람 소리 들어도 보는 거라

투명

자전거 타고 가을 들판을 씽씽 달리다가 미처 피하지 못한 어떤 날개와 내 뺨이 살짝 스쳤다

—파르륵

아, 그 잠시 당황하는 날갯짓에 잠깐 송구해졌다가 숙연해졌다가,
이렇게 위아래 분별없이 맑은 가을 한낮
하느님이 그어놓은 절대 넘어서는 안 되는 선을 넘어 지상 가까이까지 내려와
한적한 들판 허공을 유유히 산책하는 천사들 무리 중엔

자전거 옆에 삽 질러 꽂고 물꼬 보러 나온
무슨 농사깨나 짓는 사람처럼
오십 년 넘게 농부를 핑계 삼아 가을 들판을 살러 나오는
나 같은 건달도 있긴 있을라

호박

높은 담장에 안간힘으로 매달려 언제쯤 손을 놓을까 망
설이는 사이
쥔 손이 먼저 슬그머니 놓아버린

벼랑의 딸,

밑도 끝도 없이
막막한 허공에서 쿵, 떨어졌달 수밖에 없는 당신

여전히 애 낳는 얼굴로 힘준 채 썩어간다
시커먼 검버섯을 찌르면 손가락이 굳은 표정 속으로 푹
푹 들어간다
자리를 뜨자 그동안 꿍쳐놓은 십 원짜리 동전이 좌르르
쏟아진다

두엄 더미에 내다버린 엄마,
들어낸 자궁 속에서 꼬물꼬물 대가족이 기어나온다

일기 예보

농약 먹고 죽은 친구 부인이 어떤 낯선 남자와 이쪽으로
걸어오고 있었다
그새 얼굴이 보름달처럼 포동포동 밝아 보였다
지나치며 가볍게 눈인사를 했는데, 그 순간
갑자기 맑은 허공에서 대형 유리창 깨지는 소리가 났다

쨍쨍한 한낮, 느닷없이 내 뺨을 스쳐 긋는
빗방울 하나에서 싸늘하게 식어버린
어떤 언약의 체온이 느껴졌다
햇살이 참 좋은 오후였는데, 남자는 막일하는 옷차림에다
한 손에 접이식 우산을 들고 있었다

한 통에 이천 원

뒤늦은 재혼
단체 맞선 자리처럼
재래시장 모퉁이 노점에
일렬횡대로 정색하고 늘어선 끝물
수박통들,
꼭지가 말라 비틀린
그 시들시들한 얼굴들을
이리저리
굴려보던 중년의 여자들이
얼결에, 무작위로
황혼의 짝을 찾아들고 가듯이

덜렁덜렁

소복이 부은
손아귀를 파고드는
나일론 끈에 매달려가는 머리통이
문득, 면목 없다

공장 지대

잔업 끝낸 추리닝바람의
인도네시아 총각이
슬리퍼를 끌며
구멍가게를 향해 뛰어가는
밤이다

늘어진 자루를 메고
담을 넘는 도둑처럼 철 지난
수세미 외 하나가
철망 울타리에 어둑하게
매달린 밤이다

초저녁 부부 싸움하고
일찍 문 걸어 닫은 밥집
내실 등이 잠깐 켜졌다 이내
꺼지는 밤이다

가건물 철 기둥에 묶여
서성이던 늙은 개가
오래 한 생각을
그만 접듯이 끙, 하고 주저앉는
자정 무렵이다

2부

포옹

공원 구석 어둠 속에서 앳된 남자애와 여자애가 부둥켜
안고 있다네
꼬옥, 끌어안고
미동도 없이 서 있다네
살이 살 탐하듯 서로의 몸을 파고들어가 한몸이 되는 연
리지처럼
몸은 하나인데 심장이 둘인
분리 불능의 샴쌍둥이처럼
어둠 속에서 쿵쾅거리는 서로의 심장 소리를
가만히 듣고 있다네

그 옛날, 어른들이 하던 거짓말 중엔
어린애들이 연애를 하면 저렇게 몸이 붙어서 영영 안 떨
어지는
불구의 몹쓸 병에 걸린다는 말도 있었다네

마치, 그 거짓말처럼 절망적으로 부둥켜안고 있다네

야광

너는 밤하늘의 알몸처럼
반짝인다 먹구름 속에 내장된 빛이
한순간 터지며
제 몸속을 환히 밝히듯

스스로 발광하는
그 신비로운 육체를 찾아 으슥한
어둠을 헤매던
충혈된 눈동자들,

기꺼이 깊은 어둠 속으로
함께 투신해야
오롯이 빛을 발하는 맨살의
그 눈부신 황홀을 오래 들여다보면

매번 내 몸속에 고였던
충만한 빛의 원액이
숨가쁘게
네 몸속으로 흘러들어가고 비로소
나도 환하게 죽는다

에쿠스

가을밤, 저수지 공원 주차장 구석
번쩍이는 검은 에쿠스 승용차 한 대가 얌전하게 공회전
하고 있다
암내 맡은 고양이처럼 가르릉거리며
완전 연소된 가솔린 배기가스를 페로몬 향기처럼 자욱하
게 퍼뜨리고 있다
온 힘을 다해 납작 엎드려 있던 에쿠스가
한밤의 어색한 정적에게 조용히 귀엣말을 건네듯이 나직
나직 흔들린다
속삭이듯 가만가만
부드럽게 흔들리다가 드디어 올라간다
둥실둥실 검은 승용차 에쿠스 한 대가 그대로 공중부양
하고 있다
흔들흔들 둥실둥실
안팎이 온통 캄캄한 에쿠스 한 대가
새카만 유리 속에 오직 환한 보름달만이 둥싯 떠가는 에
쿠스가
까마득 허공으로 올라가다가 한순간
온몸 근육이 돌덩이처럼 굳는 짐승처럼 우뚝 멈췄다가 기
우뚱,
다시 천천히 내려오고 있다
곁에 서 있던 키 큰 은사시나무가 물관을 따라 우듬지까
지 밀어올렸던 오직 한 생각을 그만

절정의 가지 끝에서 부르르 털어버리자
둥근 밀크 항아리 기울어지듯 꽉 찬 달빛이,
달빛이 부드럽게 검은 에쿠스 승용차 위로 가득히 부어
지는 밤이다

죽자 죽자 죽어버리자

코밑이 거뭇해지던 늦은 겨울 이야긴데요 산속으로 솔방
울 주우러 갔을 때 일인데요
  인근 야산엔 겨우내 사람들 발길이 잦아서 좀더 깊은 산
속으로 들어가다가 한순간
  나도 모르게 그만 털썩 주저앉고 말았는데요
  저걸 봐야 되나 말아야 되나, 그러면서 처음부터 끝까지
다 보아버리고 말았는데요
  양지바른 산소 풀 위에 낯선 남자하고 이웃 마을 혼자 사
는 친구네 엄마하고 꼬옥 부둥켜안고 있었는데요
  한동안 나는 거기서 꼼짝 못하고 뜨거운 손에 쥔 솔방울
하나를 다 부숴버리고 말았는데요
  그런데요 친구 엄마는 울고 남자는 달래느라 나지막이 속
삭이는 소리가 생솔나무 가지를 타고 내려와
  내 귓속에까지 생생하게 흘러들어왔는데요
  마침내는 서로 흐느끼면서 죽자 죽자, 우리 같이 죽자, 하
염없이 울고 또 우는 소리가 들려왔는데요
  그날 늦은 저녁까지 나는 산속을 헤매다니며 죽자 죽자 솔
방울을 마구 주워댔는데요
  땅이 푹푹 꺼지듯, 무겁고 긴 한숨이 흘러내려와 내 작은
가슴을 짓누르며 두방망이질 치던 그 말,
  죽자 죽자, 우리 같이 죽자는 그 말을 부대 자루 가득 담
아 메고 이미 어둑해진
  겨울 산을 으슬으슬 내려섰는데요

그러니까, 그날 이후 며칠 동안 깊은 신열을 앓으며 깜박
깜박 죽었다가 깨어나서는
비몽사몽 관자놀이에 검지를 대고 수없이 방아쇠를 당겼
는데요 누군지도 모를 먼 사람에게
속삭이듯, 나지막이
죽자 죽자 죽자, 우리 같이 죽어버리자는 것이었는데요

울컥

저수지가에 혼자 앉아 있었는데
갑자기 수심 깊은 곳에서 울컥,
커다란 공기 방울이 올라왔다
울컥, 난데없는 슬픔이
울컥, 물속 깊숙이 잠자던
어떤 이야기가 불쑥 올라왔다
꾹꾹 눌러 참았던 비밀이 비릿한
수면 위 허공으로 날아올랐다
울컥, 울컥이라는
오래 품었던 난생의 설움이
한순간 알을 깨고 나오듯 울컥,
이라는 몸집 아담한 날짐승이
울컥, 목울대를 뻐근하게
치밀고 올라올 때
나는 그만 너를 꿀꺽, 삼키고 말았다

허공

자라면서 기댈 곳이
허공밖에 없는 나무들은
믿는 구석이 오직 허공뿐인 나무들은
어느 한쪽으로 가만히 기운 나무들은
끝내 기운 쪽으로
쿵, 쓰러지고야 마는 나무들은
기억한다, 일생
기대 살던 당신의 그 든든한 어깨를
당신이 떠날까봐
조바심으로 오그라들던 그 뭉툭한 발가락을

몸에 쓰는 편지

부드럽기 그지없는 털 고운 붓으로 손바닥에, 맨 무릎에
뜻 모를 글자를 쓰다가
느낌 참 좋다,
그대로 내 몸 위에 너에게 가는 편지를 쓰네

빈 붓으로 빈 몸에
육필의 간절한 몸 편지를 쓰네

먹물을 흠뻑 적셔 마음만 짜잘하게 쓰고 그렸던 지난날
의 흰 화선질랑은
구깃구깃 깜깜하게 구겨버리고
나 이제 몸만 가네
언젠가 네가
내 등판 위에 손가락으로 꾹꾹 눌러쓴 글씨를 아직도 몸
으로 기억하듯이
지워지지 않는 몸 글로 배달 가네

살살살 맨살 위를
미끄러지듯 노니는 마른 붓을 따라 조금씩 뜨거워지는 달
뜬 체온의
빼곡한 육필로 가네
가네, 온통 여백뿐인 길고 긴 백지의 몸 사연을 온몸에 두
르고

캄캄하게 번져가는
이 황홀경으로 나 오늘 너에게 답장 가네

비 맞는 사람

들판 한가운데서 비를 만났다
피할 곳이 없었다
사나운 비였다
굶주린 비였다
죽일 듯이 오는 비였다
잘 만났다 제대로 걸렸다
작정한 듯 내리꽂는 비였다
속수무책 젖었다
속속들이 젖기 시작했다
빗물이 맘놓고
몸 구석구석으로 들어왔다
깊숙이 들어왔다 마침내
지금껏 단 한 번도
젖지 않은 자리가 젖었다
흥건히 젖었다
눈에서 몸속을 한바퀴
돌아나온 뜨거운 빗물이 흘렀다

좀체로, 걸려들지 않더니
실로 오랜만에 사람이 걸려들었다

상감 청자

유리관 속의 상감청자여
깨지기 쉬운 몸이여
그러나, 천년을 고귀하게
살아온 귀한 신분이여

천년 동안
성 한번 내지 않고
때를 기다리는
험한 짐승의 사랑이여

산산조각, 너는 언제 오느냐

놈

열일곱 살 여름이었습니다 이슥한 밤마실을 다녀오는 어
둠 속이었는데요 그날따라

불빛 한 점 보이지 않는 칠흑의 허공을 더듬으며 집으로
가던 길이었는데요

눈감고도 찾아가던 집이었는데요

아무리 가도 집은 나오지 않고 자꾸 엉뚱한 곳으로 가고
있었는데요

냇가 쪽 같기도 하고 이미 동네를 벗어나 들판으로 접어든
것 같기도 했는데요 땀이 비 오듯 쏟아지고

방향을 수십 번 다시 잡았으나

집은 갈수록 멀어지는 듯했는데요 어느 순간

발을 헛디뎌 어떤 허구렁 속으로 까마득 굴러떨어졌는데
요 그때 그 어둔 허구렁 속에서

누군가 내미는 손을 무심코 잡고 일어서다 소스라치게 놀
라 물러섰는데요

놈이었습니다

깜깜한 놈,

어둠 속에서 나를 환히 내다보는 놈,

놈의 손을 잡는 순간 손끝을 통해

놈의 엄청 시커먼 마음이 내 몸속으로 고압 전류처럼 까
무룩 흘러들어왔는데요

그 순간 나는 유정(油井)처럼 캄캄하게 깊어졌는데요

어둠이 깊어질수록 환하게 눈뜨는 놈에 이끌려 밤새 뒷산

을 헤매다가 집으로 돌아와보니,

　남향이었던 집이 감쪽같이 북쪽을 향해 있었는데요

　등뒤로 해가 뜨고 지고

　그동안 보이지 않던 어둠 속의 일들이 대낮처럼 환히 다
보이기 시작했는데요

　놈의 일거수일투족도 한눈에 들어왔는데요

　으슥한 어둠 속에 숨어 다디단 죄를 짓기 시작한 그때 놈
의 나이 열일곱 살이었는데요

꽃뱀 울음

장독 뒤에 숨어
네 모가지를 쥐었다 풀었다 하며
까무룩 목숨을 놀던
어린 날의
위험천만한 연애 같은

한때, 구구절절
긴 몸으로 애를 끊으며 울던 너는
어느 눈멀고 귀먹은
악공의 숨은 애첩이었을레

치정의 뜨거운 숨결에 오열하는
비애의 대나무 한 토막
텅 빈 몸속으로
은밀하게 차오른 부정(不貞)의
숨찬 속살 때문에
이제 울지 못하는
저 눈부신 가로 젓대의 슬픔

여름내
향기로 흐느끼던 꽃잎 지듯
서늘한 물가에서
한 계절 울긋불긋 지어 입은 죄의

허물을 벗는 동안

늦가을
갈대밭 어디쯤
다음 생으로 통하는 구멍 속에서
아련히 흘러나오는
피리 소리

연꽃방

혼자서도 비좁은 방이었는데요, 우리 둘이
초저녁 은밀하게 숨어들어가 일찌감치 문 걸어 닫은 방이
었는데요 일몰과 함께 문단속이 완벽해서
아침까지는 아무도 열지 못하는 방이었는데요

그 밤 얼마나 간절했는지, 내 몸속 깊이를 알 수 없는
까마득한 어둠 속에서 밤새 맑은 물을 길어올리는 일생
일대의
거룩한 노동의 노래가 끊임없이 흘러나왔는데요

밤새 노를 저어 천상의 다락방에 올랐던가요
신천지 개막처럼 문을 활짝 열어젖히는 부신 아침 햇살
아래, 우리 처음
세상에 알몸을 드러낸 이슬처럼 부끄러웠던가요

늦잠을 잤던가요
주섬주섬 옷을 챙겨 입고 나와보니 방이란 방문은 일제
히 다 열려 있고
벌써, 햇살이 들어 말끔했는데요
주인을 아무리 불러도 대꾸가 없어
그냥 가만가만 걸어내려왔는데요
나중에 알고 보니, 날이 새면 영업을 할 수 없는 숙박업
소였는데요

생애 딱 한 번만 들어갔다 나올 수 있는 방, 그때 내가 향
기 나는 첫 꽃잠을
다디달게 자고 나온 방,
오늘 또 누가 곱게 자고 나갔는지
저수지가에 활짝 핀, 그 빈방들을 기웃거리다 무심코 묻
습니다

얼마지요? 숙박비

춘삼월

볕 좋은 툇마루 기둥에 기대어
무심코 소매 끝에 붙은
마른 밥풀 한 개를
입속에 넣고 불리다가
깜박 잠이 들었다

멀리
들판 끝에서 알몸의
한 여자가 아른아른 일어섰다가
설탕처럼 녹아내리는 오후

잠결에도 입안이 달다

봄날의 비빔밥

일찌감치 저녁밥 해먹고
호숫가로 산책 나온 전원주택지 여자들
대여섯이 왁자하게 말을 섞으며 지나가는데
고소한 양념 냄새가 훅 끼친다

해 지는 산책로를 따라
햇냉이처럼 파릇파릇 오랜만에
집밖으로 나온 여자들이
찔끔, 흘린 들기름을 손가락으로 찍어 먹듯
흘끔흘끔 나를 훑어보며 지나가는
고소한 봄날 저녁이다

키 큰 밤나무 아래에서

뒷산의 밤톨들도 때가 되면 저절로 떨어지느니*

왜 그랬을까,
차마 가시 돋친 마음 한번
열어 보이지 못하고
마냥 기다리다 실패한
첫사랑 이후
연애 한번 못 해봤다는

키가 크고
가슴이 절벽인
어떤 늙은 처녀가
긴긴 밤을 뒤척이다가
이른 아침
동트는 먼 산을 바라보며
붉은 핏덩이 뱉어내듯 말했다

"저도 여자랍니다"

여문 밤톨 하나
내 발 앞에 툭, 떨어지던 그 가을 아침

* 방랑 시인 김삿갓이 어느 고을에서 늙은 처녀의 머리를 올려주고
"이미 문이 열려 있었네"라고 실망하자, 그 처녀가 되받아친 구절.

사랑이라니
―어떤 사랑이랄 것도 없는 사랑 이야기

박선자 말인가, 똥구멍이 찢어지게 가난했던 집 맏딸 박
선자, 동생이 여섯이었던 박선자, 쥐약과 감기약을 구분 못
해 쥐약을 먹고 아버지가 죽은 박선자, 와루바시처럼 비쩍
마른 엄마 대신 집안일 도맡아 하던 박선자, 빈속에 종일 진
달래 따먹고 울며 뒹굴던 박선자, 살구를 따먹다가 앞집 명
식이한테 얻어맞은 박선자, 명식이를 패주고 살구 두 알을
쥐여준 박선자, 가끔 애들 도시락을 뺏어준 박선자, 집에서
보리쌀을 훔쳐다준 박선자, 열네 살에 다마 공장 공순이로
간 박선자, 울타리 밑에 숨어서 날리던 휘파람 소리를 끝끝
내 못 들은 척하던 박선자, 공장 기숙사 담장을 넘어들어가
만나고 온 박선자, 평화시장 미싱 시다로 간 박선자, 스무
살 어느 날 불쑥 찾아와 자장면을 사준 박선자, 그때 자장면
을 처음 먹어봤다는 박선자, 못생긴 박선자, 병신 같은 박선
자, 웃는 게 꼭 우는 것 같은 박선자, 사람들 많은 데선 숨도
못 쉬던 박선자, 동생들 학비 대주다가 오십이 훌쩍 넘어버
린, 이제는 고향에 오지 않는 박선자,

박선자, 이제는 고향에 오지 않는데도 해마다 봄이 되면
들판에 줄지어 떼 지어 손잡고 몰려나오는 저 나쁜 꽃 새끼
들…… 꽃구경 가자 박 선 자!

눈물을 위한 탕약 한 첩

그녀 마음에 혈(血)이 비친다

간신히 착상된
분열 직전의
어린 생명 지워지듯
툭, 떨어지는
눈물방울

떨어져
흔적 없이 사라지는
저 무색투명한 씨앗은
누구의
헛된 약속인가,

난산의
뭉친 어혈 풀어내듯
공명처럼 가늘게 떨고 있는
시린 마음의
산후를 위하여

그녀의
텅 빈 울음주머니 속으로
가만히 밀어넣는

오, 송구한
배란의 탕약 한 첩

역주행

꽃들이 북상하는 시속 일 킬로미터의
어여쁜 속도에 살짝 치어
불콰하게 누운
남도 어느 자해 공갈단에게
전갈이 왔다

기화 직전 예열의
휘발유 끓는 냄새 자욱한
배기량 일 시시 미만
초소형 엔진을 장착한 미니 폭주족
개나리꽃들에게 당했다고

속수무책 전 국토가
북향 일방차선으로 밀리는
봄날, 나는 가던 길 돌려 시속
백오십 킬로미터로 남하중

김제 나들목 지나
도로변 황토 언덕바지 저편에서
노란 비상등 켜고
무작정 마주 달려오는 네가
비로소 똑바로 보인다

눈이 부시다
최후를 직감한 늙은 짐승처럼
낡은 지프의 핸들이
가볍게 떨리는 순간
사랑한다,
나는 가속 페달의
남은 깊이를 마저 있는 힘껏 밟는다

오빠

만취해서 만추의 거리를 걷는 밤이었어
길을 건너려는데 술에 취해 가눌 수 없는 몸을 가로등에
기댄 채 흐느끼던 앳된 여자애가 갑자기
허공에 대고 나직이 외쳤어

오빠,

이 얼마만의 다정다감하고 우쭐한 호칭인가
오빠, 한때 전선에서 나라를 지키던 오빠, 학교에서 거리
에서 정의와 진리를 찾아 헤매던 오빠, 어둑한 골목 끝에서
치한을 물리치던 오빠,

믿어라, 믿는다, 손만 잡고도 한밤을 건너고 세상 어디든
다 갈 수 있다던 오빠,
손잡고 오빠를 따라간 후로 감쪽같이 실종된 누이들, 결
국 아무데도 못 가고 오빠하고 사는 누이들아!

오빠가 없다, 전선은 여전히 팽팽하고
정의와 진리는 오리무중이고 치한과 도둑은 거리를 활보
하는데
그때 그 오빠가 없다
언제 어디서든 부르면 어김없이 달려오던 그 이름

오빠야,

 지금 이 늦은 가을밤, 바싹 마른 낙엽처럼 곧 바스라질 듯
저기, 길 건너
 우리들의 빨간 물방울 원피스가 위험하다

어떤 임종

이제 막 숨 그쳐가는 사내 사타구니 속에 느닷없이 손을
쑥, 집어넣고
맥없이 오그라드는 생의
마지막 뿌리를 거듭 고쳐 움켜쥐며 오열했다는,
어느 젊은 미망인 이야기를 곁에서 엉거주춤 주워듣던 한
남자가
창밖을 내다보며
햇살에 쩔린 눈 찡그리고 혼잣말로 중얼거렸다네

어디, 볕 잘 비쳐드는 초겨울 한낮의 허름한 여인숙 같은
데 들어가
이제 몸 추수 다 끝나
물 없는 비쩍 마른 여자와 마구 몸 섞이고 싶다고……,

어디든 가서, 나도
늦가을 도랑물처럼 문득 맑아진
내 피 한 모금쯤 따뜻하게 데워 그 누군가의 입속에 달게
넣어주고 싶었네

당신은 누군가를 닮아간다

돌과 돌이 부딪쳤는데
불꽃이 튀었다

한때 마음 달아 솟구치던
뜨거운 불덩이였다는 걸
기억한다는 듯이

누굴까,

눈 깜박할 사이 튀는
불꽃 속에
잠깐 환하게 떠올랐다
사라지는 저 얼굴

차가운 돌 속에
갇혀버린 사람

자신도 모르게
간직해왔다는 듯이 뒹굴며
뒹굴며 그 누군가를
닮아가는, 돌멩이
하나마다에 돌멩이 하나의 얼굴

3부

069

사람이 꽃피던 시절

1
산과 들판을 쏘다니며 꽃을 따먹던 아이가 있었다

누가 가르쳐주지 않아도 아이는 먹을 수 있는 꽃과 먹을
수 없는 꽃을 잘도 가려내었다

먹을 수 있는 꽃은 꽃이 아니었다

먹을 수 없는 꽃은 꽃이 아니었다

맛 달고 향기로운 꽃을 찾아 꽃을 밟고 꽃을 따먹으며 넘
어간 언덕 너머

온갖 사람들이 활짝 피어 있었다

2
내가 평생 한 일이라곤
오직 사람을 찾아다닌 것뿐이네

사람으로부터 사람에게로
도망치다가 결국 사람의
길목에서 사람에게 붙잡혀 산다네

언제나 나는
사람에게서 벗어나 사람을 만나나

화무십일홍(花無十日紅)

지은 죄도 없이 쫓겨다녔다
더이상 숨을 곳이 없었다 절벽을 오르다가
한순간 돌아서 어두운 허공 속으로 유성처럼 몸을 날리
는 순간
몸속 겹겹이 접혀 있던
비상용 구명 날개가 활짝 펴졌다

활짝, 눈뜨는 순간 호흡이 멎었다

마지막 숨을 참는 동안 약간의 공중부양이 가능한 이곳
에서
내 몸속의 향기로운 핏줄이 다 터졌다

혹성 탈출

바위 사이에 뿌리내린 고성능 제트 프로펠러가 맹렬하게
돌아간다

지금 저 꽃,
의 가느다란 대궁에 우리들의 운명이 매달려 있다

허무한 공회전
일탈의 과부하

어디선가 베어링이 녹고 있다

마침내 중앙 계기판에 과열 경고등이 들어오고 한순간 공
중 폭발한 기체의
잔해들이 날아간다

꽃의 정수리에 검게 탄
뜨거운 엔진 덩어리가 식어가는 늦가을 오후다

낮 꿈

늦잠에서 깨어난
뒷집 장자(莊子)가
처마 끝에 매달린 새장 문을 열고 일용할 삼천 석의
수수와 콩을 넣어주고 돌아서
눈 가늘게 뜨고 듣는다

멀리, 만 리 밖
지평선에서
날아갈 가망이 전혀 없는 커다란 새 한 마리가 풀썩,
풀썩 땅을 치며
날갯짓하는 소리

황사 자욱하게 날리는 봄날

그림자

저녁 햇살이
음습한 지하실 환기창 틈새로
장검처럼 깊숙이
스며들 듯이
방금,
그 긴 칼을 맞은
내 캄캄한 옆구리에서
콸콸 흘러나온 검붉은 그늘이
서러운 식민지처럼
어둑하게 번져가네

비둘기

주먹 속에 비둘기가 자라고 있었다
뜨겁게 움켜쥔 주먹 속에 비둘기가 태아처럼 웅크리고 있
었다
나는 늘 주먹을 쥐고 다녔다
주먹을 풀어 그 무엇을 싸잡거나 맞잡거나 박수를 보낼
수 없었다
가끔 입덧하듯
주먹이 구욱구욱 속울음을 울었다
그때마다 비둘기 심장 박동이 터질 듯 온몸으로 퍼져나가
나는 가늘게 몸을 떨었다
갈수록 주먹이 뜨거워지고
숨가쁘게 부풀었다
드디어 나는 그 작고 예쁜 비둘기를 날려보내기 위해 주
먹을 던졌다
단단한 주먹은 쉽게 깨지지 않았다
결국 콘크리트 벽을 힘껏 치고 나서야 비로소 깨진 주먹
속에서 비둘기가 날아올랐다
피가 흥건하게 흐르는
주먹 속에서 피 한 방울 묻지 않은 흰 비둘기가 깃을 치
며 날아올랐다
거리에 부화되고 남은 빈 껍질처럼
깨진 주먹들이 쓸쓸히 뒹굴던 그때, 파란 하늘을 향해 외
치듯 날아오른

창공의 비둘기들은 눈물겨웠고 집을 떠나
끝내 돌아오지 않는 세상의 모든 분노는 아름다웠다

명함, 혹은 통성명

동네 아우에게
친구네 포도를 몰래 따오라고 시켰는데
한참 후, 친구 엄마에게 붙잡힌
그 아우가 매를 맞으며
큰 소리로 내 이름을 불고 있었다

참담이니 비참이니
그런 이름을 몰랐을 그때, 울 뒤에
숨어 있다가 벌떡 일어나 나서려는 나를 가만
불러 앉히고, 나는
내 마음의 가파른 벼랑 아래로
두 손으로 가린 얼굴 하나를
쓰윽 밀어버렸다

그러고는 가끔
참담이니 비참이니 하는 참혹들이
외투 깃을 머리끝까지 뒤집어쓰고 그 캄캄한
벼랑 아래로 몸을 던졌는데, 거기
얼굴이 뭉개져
형체를 알아볼 수 없는 사람들끼리
통성명이나 하자고 나직이
내 이름 석 자를 내미는 사람이 있다고 한다

미끼

중앙 배수로 건너
텅 빈 겨울 들판을 걸을 때였다
내 발소리에 놀란
들쥐 한 마리
느닷없이 검불 더미에서 튀어나와
큰 논배미를 가로질러갔다

언제 따라붙었을까
그때, 내 머리 위를 빙빙 돌던
솔개 한 마리
한순간 꽂히듯 내려와 들쥐를
가볍게 낚아채 서산 너머로 사라졌다

겨울 해는 순식간에 진다

목젖 시뻘건 초저녁 어둠이
내 검은 머리를
한입에 덥석 무는 순간, 허공에
이제 막 돋은 별 하나가 파르르 떤다

이웃 동네 사람들

열대야가 오는 저녁, 앞산 너머 허공에 흰 구름이 일어서며

참 기막힌 전원 신도시를 순식간에 세워놓았는데요

저녁놀을 정면으로 안고 있는 광경이 마치 이쪽 세상은 저물고 저쪽 세상은 뜨는 아침 같습니다

차로 십 분만 달리면 도착하는 이웃 동네 저수지 상공인데요

저 허공에도 부동산 바람이 불어닥친 걸까요

드디어 투기꾼과 건설업자들이 상륙한 걸까요 안개가 피어오르는 망망대해 끝자락에 솟은 기암괴석 위로

수백 미터 초고층 아파트들이 우뚝우뚝 서고 그뒤로 깎아지른 큰 산맥이 뻗어올라가고

사이사이 골짜기 골짜기마다 수천 길 폭포들이 소리 없이 쏟아져 흐르는데요

무슨 건국 기념일 잔치라도 벌이는지

흰옷 입은 사람들이 그 사이사이를 몽글몽글 뭉쳐 다닙니다

도저히 우리 자본과 기술로는 엄두도 못 낼 신개념 주거 공간!

닿을 듯 산 너머로 빤히 보이지만 아무리 발버둥쳐도 갈 수 없는 곳,

그런데요 갑자기 그 커다란 도시 전체가 술렁거립니다 잠깐 한눈파는 사이 신공법으로 구조물 연쇄 해체하듯

서 있는 것들은 모두 무너져내립니다

제도사가 지우개로 도면 지우듯 쓱쓱 지워나갑니다

순식간에 부지불식간에 감쪽같이 사라져버립니다 유물
한 점 없이 쓰레기 파편 하나 없이 도시 하나가 말끔히 사
라집니다

살림 개키면 꼭 한 마차밖에 안 되는 유목민들처럼 잠시
잠깐 터를 잡았다가 짐을 싸는

하루도 못 가는 허공의 뜨네기들이었습니다 알고 보니,

날마다 새 터를 찾아 떠도는, 사는 게 가벼워서 바람에 떠
밀려다니는 뜬구름의 나라 백성들이었습니다

강변 유정
—소월에게

큰물이 굽이쳐 휘돌아나가면서 상류에서 휩쓸려 내려온
모래알들이 쌓이고 쌓인 곳,
강변의 작은 모래밭에 살았습니다

강물이 무슨 산고의
진통 끝에 새끼를 낳아 품듯이

지적도 등기도 없는
그 무국적의 반짝이는 금모래밭을 돌아
유정천리, 하염없이 흘러가는 당신을 애타게 부르던 노래
가 있었습니다

김만철*

배 띄워라

만경창파

남해나 바다에!

* 1987년 일가족 11명이 보트를 타고 따뜻한 남쪽 나라를 찾아 내려
온 새터민. 남해에서 보금자리를 틀고 사업을 하다가 두 번의 사기를
당하고 지금은 강원도 산골에서 닭을 키우며 산다.

밤길

조금만 참아라
다 와간다 좋아진다
이제 따뜻한 국물 같은 거
먹을 수 있다

멀리서 가까이로
개 짖는 소리 들리고
언뜻 사람들 두런거리는 소리도
지척에까지 가까워졌다가는
이내 다시
아득히 멀어졌다

어머니
누비 포대기 속에서
자다 깨다 자다 깨다
마흔아홉번째 겨울이 간다

일번국도

끊임없이 이어지는 망각의 캄캄한 아스팔트와

문득 생각난 듯 반짝반짝 들어왔다가 이내 꺼지는 앞차의
브레이크 후미등과 기사식당

두 끼의 가정식 백반과 정오의 희망곡과

한 번의 노상방뇨, 그리고

양손에 태극기를 들고 나와 줄지어 떼 지어 흔들어대는 여
고생들처럼 긴 코스모스 행렬과

싸움하는 법을 잊었다

토종도 아닌 것이 외국산 순종도 아닌 것이
몰골이 참 우습게도 생긴 잡종개 한 마리가 개껌 한 조각
을 질겅거리며
수변 산책로를 뒤뚱뒤뚱 걸어간다

생면부지 본 적도 없는 놈의 뒷다리 사이로 툭 불거져나
와 자랑스럽게
덜렁거리는, 비현실적으로
큰 불알을 나는 무심코 툭 걷어찬다

매일같이 닦아주고 물고 빨아주는 주인에게 끝내
한 접시의 따끈한 수육도 돼주지 않는 개 같지도 않은 날
들의
그 한가롭게 축 늘어진 평화를

순간, 거의 반사적으로 돌아서며 날카로운 이빨을 드러
내고 한발
한발 다가서며 으르렁거리는 저 적의,

그러나 나는 속수무책
속수무책 호주머니 속에 손을 넣고 속수무책의 텅 빈 전
의를 뒤진다
언제, 어디서, 누구하고,

무엇을, 빼앗기 위해서였는지, 지키기 위해서였는지, 이
겼는지, 졌는지……, 까마득하다

나는 서둘러 바지 지퍼를 내린다

근황

이른봄 오후 햇살이 무슨 은혜처럼
평화롭게 내리쬐는
삼태기같이 아우룩한 동네 마실 방 툇마루에 앉아
민화투 치는 할머니들 앞에
느닷없이 여자 삼인조 야훼 증인이
나타났다

우리들은 모두
말씀의 자식들이니, 그동안
말로써 지은 죄
말씀으로 회개하노니 이제 곧
말한바, 천국 세상이 눈앞에 펼쳐지리라

가시 면류관을 쓴 예수 그림과
화투 패를 번갈아보던 안중 할매가
손님이 오긴 왔는데 짝패가 안 맞는다고
비광(光)을 내려놓으며
이런 건 암만해도 저 멧갓부리
시인 양반한테나 가봐야 알아본다고
바람맞이 산중턱
함부로 팽개친 라면 박스처럼 삐딱한
가건물을 가리키자

마을 어귀 갈래길에서
그곳을 한참이나 올려다보던 그들이 망설이다
그냥 발걸음을 되돌려 나간다

(혼자 먹는 술이 다디달아서 또, 한잔!)

무인도

사람을 따돌리고

사람을 반성하는 중

눈사람 장례식

신흥 종교인 같은
커다란 눈사람 하나가
며칠 밤낮 허공으로 흰옷을 벗어 날리며
초혼의 제 이름 석 자만을
목놓아 부르다가
감쪽같이 사라진 화단 귀퉁이

그 촉촉한 눈물 흔적을
얼마나 오랫동안 들여다보고 있었는지
제 발끝이 녹기 시작한 줄도 모르고
쭈그리고 앉아 있던, 저기
또 어떤 눈사람

심한 편두통으로 기우뚱,
떨어질 듯 위태로운 머리통을 감싸쥐고
봄이 오는 사람의 마을
아랫목에 들어가 이불을 덮고 누웠네

매미, 울음을 말리다

　이층 다락방은 어두웠다 격자무늬 창에 드리워진 커튼은
늘 그대로였다 그곳에
　길을 잘못 들어 갇힌 매미 한 마리가
　처음엔 옷장 뒷벽에 달라붙어 제법 목쉰 소리로 노래를 불
러댔다 시간이 지날수록
　소진되어가는 목숨의 심지 태우듯 서서히 사위어가는 불
꽃이었다 가끔
　휘발유를 끼얹은 듯 다시 확 타오르며
　미친 듯이 이 벽 저 벽을 쿵쿵 부딪고 나뒹굴었지만
　끝내 고장난 전축처럼 귀를 찢는 날카로운 비음만이 간헐
적으로 터져나왔다 그후
　이미 죽거나 죽어가는 생각의 편린들이 방 한구석에서 뽀
오얗게 마른 먼지들로 쌓여갔고
　마침내 찢어진 떨림판에서 길을 잃은 울음 한 가닥이
　긴박한 상황을 알리는 타전 소리처럼 방안을 떠돌았다 뚜
뚜 뚜……, 주파수가 잡히지 않았다

　여름이 다 지날 무렵이었다
　밖에서는 마지막으로 뜨거운 여름의 노래를 목청껏 부르
고 있을 때, 촉촉했던 가슴이 다 말라버린
　속이 텅텅 빈 표본실의 박제 꼴이 되어
　그는 청소기 안에서 발견되었다
　빈 메리야스 박스에 정성스레 누이고 명치끝에 바늘을 꽂

앉다 내면에 차 있던

　싸늘한 공기들이 맑을 대로 맑아져 뾰족한 바늘 끝이 시
리게 반짝였다 아프지 않았다

　잘 마른, 아주 가벼운 죽음이었다

명명백백

눈이 오면 사람들은 두 패로 나뉜다

서둘러 약속을 하고 술을 마시고 환호작약
제 흑심을 뭉쳐 비만하게 굴린 눈사람의 의뭉스러운 체온
을 서로의 품속에
슬그머니 넣어주고 달아나는 사람들과

마치 하늘에서 무단으로 쏟아버린 쓰레기를 치우는 청소
부인 양, 땀을 뻘뻘 흘리며
눈을 싹싹 쓸어 집밖으로 내몰거나
될 수 있는 대로 멀리 퍼다 버리는 사람들

좋거나 나쁘거나

눈은 처음부터 희고 아직도 희고 영원히 희겠지만, 언젠
가는
그 불멸의 흰옷을 벗어던지고
유유히 사라져가는
일군의 캄캄한 눈사람들을 마지막으로 배웅하게 되리라

마침내 지상에 내려와
만 년을 산 그들의 왕께서 눈을 감는 날, 순수에 감염되
었던 이 땅의

모든 설맹이 일제히 눈뜨고

　그동안 참았던 검은 눈물이 흘러넘쳐 어두운 땅이 더욱 어
두워 비옥해지리라

문자 몸살
—빙산

만성의 캄캄한 편두통 속에 떠 있는 작은 고통의 흰 섬
이여*

그동안 이름난 명의는 다 만나봤어도
명쾌한 처방이 없었으니
이제 마지막으로 칠흑의 바다에 뜬 저 얼음의 성채 일각
을 빌려 밤낮
정과 쇠망치로 약초나 심으며 살겠네

갑자기 닥친 혹한에 선 채로 얼어죽은 매머드의 궁륭 같
은 뱃속에 들어앉아
이 뜨거운 비문의 체온으로
돌 속에 갇힌 말의 화석을 품어 부화시키겠네

수정처럼 투명한 침묵의 결정을 쪼아 불멸의 노랫말을 새
기느라 눈썹이 하얗게 센 백야의 텃새들,
무언의 강철 부리에 묻은
핏빛 낱말 부스러기에 귀기울이겠네

차디찬 저 순백의 비알밭을
온통 붉은 향기로 물들일 신비의 언어를 찾아
북해의 검은 바다 밑으로 내려간 지 어언 만 년 세월이 흘
렀다는

그 누더기 경전 선생이나 기다려보겠네

가열된 논쟁의 용광로에서
갓 빠져나온 철선의 뱃머리를 싸늘한 역설의 빙산에 골
똘히 대놓고
지끈지끈한, 이 토막 문자 몸살이나 식혀봐야겠네

* 프로이트.

고슴도치

오래된 유적 속에서 한 무더기의
녹슨 창이 발견되었다
어떤 정치가 다급히 쓸어 묻은,
최초로 일어선
민초들의 무장봉기였다고 한다

유월의 서늘한 숲속
잔뜩 도사린 그의 몸 안쪽에서
풀무질 소리가 난다
우람한 근육질의 사내가 여전히
시뻘겋게 구운 창끝
때리는 망치질 소리 들린다

뜨거운 가슴속
불꽃 피는 대장간에서
날카롭게 벼린 분노가 저렇게
제 살을 뚫고 빼곡히 돋치다니!

나는 오늘
저 빛나는 창을 하나 뽑아
세상에서 가장
아름다운 모순 하나를 찔러 죽이겠네

설파(説破)하는 뱀

아무리 더러운 곳을 통과해도
먼지 한 톨 묻지 않는 그는 죽기 전에 절대 머리를 바닥에
내려놓는 법이 없다지

추운 산 어두운 굴속에 들어가 잠을 잘 때에도 몸을 둥글
게 말아 똬리 튼 중앙에
머리를 꼿꼿이 치켜들고 장좌불와, 면벽좌선한다지

머릿속에 고인 오직 맑은 한 방울의 치명적인 깨달음만이
한겨울 유일한 식량이라지

저것 봐,
동안거 끝내고 탁발 나온
어느 야윈 선승이 들길 한가운데 가부좌 틀고 앉아 일갈
(一喝)하는
저 날카로운 설파(舌破)!

—마침내 말로서 바위를 꾸짖어 산산조각 내겠다는 것
이지

사내의 대지 —

김근(시인)

1

사내 하나를 안다. 그 사내를 만난 게 내 이십대가 막 저물 무렵이었다. 만난 지 20년이 다 되어가는데도, 처음 인사를 나눌 때 그가 내밀었던 커다란 손은 여태 잊을 수가 없다. 그때 내 손에 느껴지던 이상한 감촉에 나는 이미 그에게 압도당했는지도 모르긴 모르겠는데, 단지 묵직한 아귀힘과 거친 손바닥 때문만도 기름진 흙만큼이나 어두운 피부와 오랜 노동으로 단련된 듯한 팔뚝과 넓은 어깨를 지닌 사내의 풍모 때문만도 아니었을 터이다. 그 감촉은 내가 아직 살아보지 못한 삶의 무게에서 오는 감촉이었다는 사실을 그때도 어렴풋이 알긴 알았다. 우리 둘 다 이제 갓 등단한 풋내기 시인이었으나, 아직 문학이니 삶이니 하는 것들이 불안하고 추상적이기만 했던 이십대의 나에 비해, 그는 문학도 삶도 이미 온통 몸에 새겨진 것처럼 보였다. 그렇다고 그가 처음부터 노회한 사람이었다는 말은 결코 아니다. 두꺼운 테두리의 안경 너머 그의 눈빛은 당최 길들여지지는 않을 것처럼 형형하기만 했더랬다. 어디 먼 들판과 산을 저 혼자 헤매다 아침 이슬 털며 마을로 내려온 그런 사내의 눈빛으로 그는 늘 우리에게 왔다.

한 번도 나는 사내를 사내라고 지칭해본 적 없다. 해도 그는 사내라는 지칭이 가잘 잘 어울리는 그런 모습이어서 시방 내가 그를 사내라고 지칭하는 것이 처음부터 그랬던 것처럼 자연스럽기만 한데, 이 사내라는 말, 참 외롭고 쓸쓸하기 그지없다. 불쑥, 시방, 내가 사내라고 사내를 호명할 때, 그 사내라는 말이 지닌 외로움과 쓸쓸함이 지금, 여기, 내게 환기되기도 하기 때문일 터이다. 그 외로움과 쓸쓸함이란 게 실은 사내의 삶 저 내부에서 풍겨나오는 것이기도 하지만, 풍겨나와서 또한 조금쯤 사내라는 말의 언저리쯤에서 서성거려보기도 하는 나에게도 옮아오는 것이어서 나도 사내만큼 온전히는 아닐지라도 손톱의 때만큼은 사내를, 사내인 것의 무게를 알 것 같기에, 더욱 그렇고 그렇다. 그런 사내가 조금 사내일 것 같기만 한 내게 "조금만 참아라" 토닥일 때, 내 메마른 눈에 얼핏 눈물이 비치기도 하는 것이다.

조금만 참아라
다 와간다 좋아진다
이제 따뜻한 국물 같은 거
먹을 수 있다

멀리서 가까이로
개 짖는 소리 들리고
언뜻 사람들 두런거리는 소리도
지척에까지 가까워졌다가는
이내 다시

아득히 멀어졌다

어머니
누비 포대기 속에서
자다 깨다 자다 깨다
마흔아홉번째 겨울이 간다
　　　　　　　　　　　　　　　　　—「밤길」전문

　이 짧은 시를 읽고 나는 내내 엎드려 있었다. 내가 사내
를 만나기 전의 사내의 삶, 내가 사내를 만난 이후의 사내의
삶, 온통 사내이기만 한 사내의 일평생이 이 시에 압축되어
있는 것도 같아서, 그런 자가 내뱉은 "조금만 참아라"의 토
닥임이 지닌 무게가 나를 온통 짓누르는 것 같아서, 나는 좀
처럼 일어날 수 없었던 것인데, 나의 내부에 깊이 들어와 내
삶의 현재와 과거를, 또한 내가 도달해야 할 미래를 한꺼번
에 생각게 하고 토닥이는 힘이 그 말에서 느껴졌기 때문이
기도 하다. 제 자신에게 제 자신의 삶에게 하는 말이면서 동
시에 그 말을 읽고 듣는 이에게 하는 말인 탓에, 말을 뱉은
자도 말을 듣는 자도 함께 삶의 "밤길"에서 외로워지는 것
이다. 그 토닥이는 말이 더욱 물씬 외로움의 냄새를 풍기는
것은 아마도 "조금만 참아라" 다음에 따라온 "다 와간다"라
는 말 때문일 거다.
　밤길을 걸어본 사람은 알리라. 멈출 수는 절대 없고 가긴

가야 하는데, 해서 발걸음을 재게 놀려 서둘러 가긴 가는데, "멀리서 가까이로/ 개 짖는 소리 들리고/ 언뜻 사람들 두런거리는 소리도/ 지척에까지 가까워졌다가는/ 이내 다시/ 아득히 멀어"만 질 때, 마을의 불빛은 손에 잡힐 것처럼 보이긴 해도 길은 좀처럼 끝날 줄 모르고 오직 어둠만이 온몸에 끈질기게 달라붙을 때의 그 막막함. 그 밤길이 삶의 길과 겹쳐질 때는 또 오죽하랴. 하므로, "다 와간다"는 말은 그럼에도 불구하고 가야만 하는 자에게 간신히 희망이다. 삶이 절망의 진창에서 온통 헤매고 있을 때 그 절망이 끝일랑은 도무지 보여주지 않을 때에도 우리는 자신에게 혹은 서로에게 "다 와간다"고 말할 수밖에 없는 희망이라는 모순 속에 살고 있다. 하므로, "좋아진다"는 말의 진실은 얼마나 요원한가. 요원해도 무작정 믿고 밤길을 또 뚜벅뚜벅 갈 수밖에 없게 하는 것이 바로 그 희망이란 놈이다. 애끓어도 멀어져도 끝끝내 포기할 수 없는 먼 불빛 같은 것, 잔인하게도 그런 게 희망이다.

아직 다 오지는 않았고, 다 와가는 그 길이어서, 아직 도착하지 못하리라는 불안과 불확실성이 제거되지 않은 그 길 위여서, 그런 상태인 채로 내뱉는 토닥이는 말이어서, 그 말이 의미하는 행로의 종착이 행인지 불행인지, 삶인지 죽음인지 또한 가늠하기 어려워서, 외롭다. 외롭고 아파서 나는 한참을 엎으려 있었던 것인데, "따뜻한 국물 같은 거 먹을 수 있다"니. "따뜻한 국물" 아니고 "따뜻한 국물 같은 거"

라고 말할 수밖에 없는 심정으로 사내는 내내 밤길을 걸어왔던 것이고 지금도 끝나지 않는 밤길을 걷고 또 걷고 있는 것일 텐데, 3연에 이르면 그 말이 실은 사내가 자신에게 또는 누군가에게 하는 말이 아니라, 실은 누비 포대기 속에 어린 사내를 업고 밤길을 걸으며 어머니가 했던 말임을 비로소 알게 된다. 사내의 유년 시간이 여기서 환기되며 사내의 현재에 겹쳐지는데, 사내의 "마흔아홉" 일평생의 행로가 어린 날 포대기 속에서 얼러지며 달래지던 "자다 깨다 자다 깨다"의 시간과 포개지면서, 일평생 밤길을 가야 하는 자로서 그의 운명이 이 기원적 풍경 속에서 미리 예고되고 있음을 우리는 짐작할 수 있다. 해서 1연의 "조금만 참아라/ 다 와간다 좋아진다/ 이제 따뜻한 국물 같은 거/ 먹을 수 있다"는 말은, 다만 현재라는 시간의 표피에서 내뱉어진 즉흥적인 말이 아니라 오랜 시간적 기원의 깊이를 지닌 말이라는 사실을 또한 우리는 알 수 있다. 그의 절망은 여기서 비롯된다. "자다 깨다"의 시간이 그 기원적 "밤길"에서부터 지금 여기까지 이어져오고 있다는 사실, 그때부터 지금까지 여전히 "밤길"이라는 사실이 그를 절망케 한다. 하나, 그의 절망은 따뜻하다. 그 말이 울려오는 시간은 아직 포대기 속의 시간이며, 그 시간 안에서, 여태 밤길을 걷고 있고 또 걸을 수밖에 없더라도, 사내는 어머니와 아기였던 시절의 끈끈한 연대로 이어져 있기 때문이다.

　해서 지금, 여기, 이 시를 읽으며 자꾸만 불러 세워지는 내

과거와 현재와 미래의 시간 속에 밤길의 어둠처럼 막막하게
흩뿌려져 있는 내 절망도 따뜻하다. "조금만 참아라" 토닥토
닥, "다 와간다" 토닥토닥, 하며, "따뜻한 국물 같은 거"를 약
속하는 사내의 어머니 손길에서 내 어머니의 손길도 함께 느
껴지기 때문이며 내 삶의 밤길도 그 시간과 이어져 있다는 것
을 비로소 깨닫게 되는 탓이다. 따뜻한 외로움이다. 그 따뜻
한 외로움 때문에 나는 내내 엎드려 있었던 것인지도 모르긴
모르겠다. 어깨를 들썩거리며, 속울음 꺼이꺼이 삼키면서.
하면, 사내가 온몸으로 걸었던 밤길은 어떤 밤길이었겠는가.

2

　사내는 술을 잘 마셨다. 그때 20년 가까이 전에, 우리는 걸
핏하면 뭉쳐다니며 술을 마셨더랬다. 무슨, 술에 걸신이라
도 들린 듯이, 무슨, 술 못 먹어 죽은 귀신이라도 붙었는지
사흘이고 나흘이고 끝나지 않는 술자리를 이어갔다. 나는
자주 골골대었고 골골대다가 다시 술을 마셨더랬는데, 사내
는 늘 한결같았다. 언제 술을 마셨냐는 듯이 사내는 사내로
또렷하기만 했다. 그때 우리가 나눈 이야기들이 무엇이었는
지 기억나지 않는다. 해도 이따금 나는 길들여지지 않은 길
고양이처럼 앙탈을 부리거나 또 이따금 사내에게 서툴기만
한 이십대의 혈기로 되지도 않는 말을 주워 담지도 못하게

무더기무더기 부려놓기도 하였을 것이고 또또 이따금은 사내를 향해 발톱을 세우고 대들기도 하였을 것인데, 그럴 때마다 사내가 가만히 깊고 유난히 까만 눈으로 나를 바라보던 것만은 기억이 난다.

그의 눈길에 나는 금세 온순한 집고양이같이 잠잠해졌던 것도 같다. 당연하게도, 눈길은 상대를 제압하려는 눈길도 아니었고, 상대의 행동을 강제하려는 눈길도 아니었더랬다. 눈길 속에서 젊은 나는 이해받고 있다는 생각이 들었던 것도 같고, 다독이며 위로해주는 듯한 손길의 따스함도 느꼈던 것도 같은데, 나는 나도 모르게 매번 사내의 눈길에 사로잡히고 말았던 것이다. 사로잡힘은 포획이라기보다는 포옹 같았다. 사내는 우리의 든든한 맏형 노릇을 마다하지 않았다. 어리광이나 앙탈 같은 것도 든든하게 받아줄 것 같은 넓은 품을 그는 또한 지니고 있었는데, 나에게만 아니라 누구에게라도 그 너른 품을 내주고도 남을 사람이었다, 사내는. 그 시절 그의 끊이지 않는 술추렴이 사람을 제 품에 끌어안는 행위였다는 걸 이제야 알겠다. 한데, 그 품을 내어주느라 사내라고 왜 상처가 없었겠는가.

내가 평생 한 일이라곤
오직 사람을 찾아다닌 것뿐이네

사람으로부터 사람에게로

108

도망치다가 결국 사람의
길목에서 사람에게 붙잡혀 산다네

언제나 나는
사람에게서 벗어나 사람을 만나나
                              —「사람이 꽃피던 시절」 부분

　품 넓은 사내의 운명이란 결국 뭇사람에게 그 품을 내어주
고 좋으나 싫으나 끌어안는 일이었는지 모른다. 게다가 사
내가 시인인 다음에야 사내의 품은 제 자신의 고통과 상처
를 끌어안는 품이기보다 뭇사람의 고통과 상처의 차지가 되
기 더 쉬웠을 것이다. 그는 고통과 상처로 점철된 사람들이
사는 세상을 끝끝내 외면할 수 없었을 것이고 하나하나 제
가슴에 품고 다독이고 다독이고 다독이고 했을 것이니, 그
러느라 그는 이전보다는 훨씬 더 많은 내상을 감내해야 했
을 것이다. 이를테면 그의 시집『다국적 구름공장 안을 엿
보다』와『밥그릇 경전』은 그럼 끌어안음, "오직 사람을 찾
아다닌 것"의 기록일 테다. 그의 시집들은 자본주의의 확대
와 소외된 노동, 피폐해져가는 농촌과 부조리한 삶을 마치
구름처럼 경계 없이 끌어안아왔다. 끌어안으면서 현실이라
는 어둠 속을 그 '밤길'을 그는 뚜벅뚜벅 스스로 다독이면서
외로워지면서 걸어왔던 것이다.
　그 '밤길'에서 사내는 제가 끌어안은 그 모든 것들에게 "오

래된 질문"을 던지며 왔다. 그것은 다름아닌 사람에 대한 질문이다. "사람은 아직 답이 없"고 오직 "흙의 넓은 가슴에 얼룩진 사람 그늘"만 있을 뿐이다(「오래된 질문」, 『밥그릇 경전』). 하므로, 그가 고통과 상처를 감내하면서 "사람을 찾아다닌 것"이란 사람이라는 오래된 질문의 답이었을 것이다. 그에게 끌어안음이란 결국 그 오래된 질문에 대한 답을 찾기 위한 고통스러운 탐색의 과정이었을 터이다. 터이지만, 그가 발견한 것은 "얼룩진 사람 그늘"뿐이다. 그 그늘을 벗어나 진정한 답으로서의 "사람을 만나"는 일에는 아직 도착하지 못했다. 그의 길은 여전히 '밤길' 가운데이며, 여전히 도달해야 할 사람의 마을 불빛은 "지척에까지 가까워졌다가는/ 이내 다시/ 아득히 멀어"지는 중이다.

중인데, 사내는 이제 "참담이니 비참이니 하는 참혹들이/ 외투 깃을 머리끝까지 뒤집어쓰고 그 캄캄한/ 벼랑 아래로 몸을 던"(「명함, 혹은 통성명」)지는 나이가 되었다. "이쯤에서 죄(罪) 없으면 못가"(「늦가을 소묘」)는 "마흔아홉번째 겨울"을 넘기고 있는 것이다. 하나, 사내가 "다 와간다"를 포기하지 못하고, "나 이제 몸만 가네"라고 그의 몸에 새겨진 삶의 "육필"로 스스로 "답장"이 되어(「몸에 쓰는 편지」) 가기를 그치지 않는 이유는 가까워졌다가 멀어지는 마을이기도 할 "지금 저 꽃,/ 의 가느다란 대궁에 우리들의 운명이 매달려 있"(「혹성 탈출」)기 때문이다.

산과 들판을 쏘다니며 꽃을 따먹던 아이가 있었다

누가 가르쳐주지 않아도 아이는 먹을 수 있는 꽃과 먹을
수 없는 꽃을 잘도 가려내었다

먹을 수 있는 꽃은 꽃이 아니었다

먹을 수 없는 꽃은 꽃이 아니었다

맛 달고 향기로운 꽃을 찾아 꽃을 밟고 꽃을 따먹으며
넘어간 언덕 너머

온갖 사람들이 활짝 피어 있었다
　　　　　　　　　　　　—「사람이 꽃피던 시절」부분

앞서 인용한 시의 1부이다. 사내가 밤길을 걸어걸어 도달
하고자 하는 시간이자 공간으로서의 사람의 마을은 이런 모
양일 테다. 문명의 분별이 아니라 자연의 분별만이 존재하
는 곳, 그곳에서 사람도 자연도 서로 경계를 짓지 않고 서로
가 서로의 한몸으로 존재하는 곳, "온갖 사람들이 활짝 피
어 있"는, 다시금 깜박깜박 멀어지는 중이기만 한 거기이자
그 시절 말이다.

그리고 사내에게는 땅냄새가 났다. 사내에게는 평생 인
이 박힌 냄새였을 것이지만, 내게는 떠나온 아득한 냄새였
다. 언제든 돌아갈 냄새였으나, 돌아가기는 또 쉽지 않기만
한, 어쩌면 영영 불가능할 것이기만 할, 혹 언젠가 돌아가면
온 팔을 뻗어 나를 안아줄 것만 같은, 그립지만 또 그리워
만 해서는 안 될 것도 같은, 해서 익숙하기도 설기도 한 그
런 냄새가 사내에게서는 났다. 그 냄새 여전히 내 콧속에 남
아, 그때 그 사내 영영 잊히지 않는 그런 냄새로 여태 있다.
있는데, 사내는 이런 풍경 하나를 또 내 앞에 펼쳐놓는다.

　　울퉁불퉁한 고구마 자루를 쏟으니
　　머리 맞대고 담배 돌려 피우던
　　고등학생 알머리 같은 것들이 우르르
　　몰려나온다 덩치만 컸지
　　대가리에 피도 안 마른 것들이

　　뭘 봐, 그러면서
　　학교 앞 짱깨집에서 배갈 각 일 병에
　　자장면 곱빼기 외상시켜 먹고
　　뿔뿔이 흩어져 숨었다가 잡혀온 놈들,

복도 마룻장에
우르릉 무릎 꿇는 소리

몸에 힘 빼!

축구공처럼 딴딴한 엉덩이에서
박달나무 몽둥이 텅 텅 텅
튕겨나가는 소리

파란 가을 하늘에 비행기 편대 솟구치는 소리
                              —「힘이 남아도는 가을」전문

  그가 펼쳐놓은 이 언어의 풍경은, 그런데 어딘지 좀 이상
하다. 얼핏 보면 자루에서 쏟아지는 고구마들에 알머리 고
등학생들이 겹쳐진 것처럼 보이지만, 시를 읽어나가다보면
이 이상한 동일시에는 주체와 객체의 구분이 없다. 즉, 이 시
의 동일시의 주체가 고등학생들인지 고구마들인지 알 수 없
다는 것이다. 능청스럽게도 화자는 고구마와 알머리 고등학
생이 처음부터 하나였던 것처럼 서술해나간다. 따라서 "덩
치만 컸지/ 대가리에 피도 안 마른 것들"은 고등학생이기
도 고구마이기도 할 것이다. 해서 "뭘 봐, 그러면서/ 학교
앞 짱깨집에서 배갈 각 일 병에/ 자장면 곱빼기 외상시켜 먹
고/ 뿔뿔이 흩어져 숨었다가 잡혀온 놈들"은 알머리 고등학

생의 사연인데도, 이제 막 밭에서 캐온 햇고구마의 사연과 그다지 분리되지 않는다. 그뿐 아니라 이 풍경에선 "박달나무 몽둥이 텅 텅 텅/ 튕겨나가는 소리"와 "파란 가을 하늘에 비행기 편대 솟구치는 소리"도 분리되지 않는다. 이를테면, 그에게서 풍겨나오던 땅냄새라는 게 이런 냄새가 아니었을까 나는 지금 짐작하고 가늠한다. 분명 햇고구마 냄새였는데 그 냄새가 알머리 고등학생의 냄새인 것. 땅과 곡식과 사람의 냄새가 분리되지 않았던 시간의 냄새 같은 것.

대지로부터 분리된 인간은 불행한 시간을 살고 있다. 시간이 불행하다는 말은 그 시간이 어떤 깊이도 지니지 못하고 영원히 현재진행형이기만 한, 오직 속도만 강요당하는 시간이라는 말이다. 깊이를 확보하지 못하는 시간은 그저 부유하기만 하고 어딘가에서 마침내 끝나지 못한다. 끝나지 못하므로 오로지 속도 속에서 인간은 불시에 죽음을 맞는다. 삶은 삶으로서 완성되지도 않고, 완성되지 않으니 당연히 유전되지도 않는다. 이 악순환 속에 지금 우리는 살고 있다. 지금 여기의 풍경이란 파편들이고 파편만으로 이루어진 표면만일 텐데, 하니, 사내가 보여주는 풍경이란 지금 여기에서는 실현 불가능한 어쩌면 가상이다. 사내의 '밤길'이 끝나고 사내가 끝내 도달하고자 하는 사람의 마을 풍경일 터이다. 과거만이 아니라, 현재만이 아니라, 혹은 미래만이 아니라, 그 연속적 시간의 구분이 무의미한, 흔히 하는 말로 '오래된 미래'의 풍경일 터이다. 그러나 사내가 그 풍경

을 대하는 태도란 그 풍경 안에서 대지와 인간의 삶을 이상
화하거나 신비화하지도 않을뿐더러 그렇다고 단지 낭만적
비유로 대지와 대지의 생태를 활용하지도 않는다. 그가 그
려내는 대지는 인간의 윤리가 끼어들지 않는다. 대지가 삶
자체이며 삶이 곧 대지 자체이다. 삶의 희노애락이 다만 대
지와 한 몸뚱어리가 되어 흘러가고 흘러가며 하나의 풍경
이 되는 것이다.

대체로 이번 시집의 1부의 시들이 다 그 모양을 하고 펼
쳐진다. 풀들과 혁명이 한몸이고(「여름」), 완두콩이 싹트는
것과 전쟁이 한몸이며(「싹트기 전날 밤의 완두콩 심장 소
리」), 황소의 노동과 어린 주인의 성장이 한몸이며(「꿈게
질」), 마당 끝에 주저앉은 항아리의 눈물과 금자 고모의 눈
물이 한몸(「금자 고모」)이다. 이들 시에서는 굳이 주체와
객체 따위가 구분되지 않으며, 자연과 문명이 구분되지 않
으며, 인간과 사물이 구분되지 않으며, 대지와 삶이 구분되
지 않는다. 그러면서, 한몸이면서, 이 양자들은 서로가 서로
에게 의미가 되고 깊이가 된다. 그리고 그것들은 또 서로에
게 하나의 작용이 된다. 계속 풍경 속에서 무슨 일인가 일
어나고 있는 것이다. 2부의 시들은 몸과 성적 에너지로 충
만한 이미지와 일화들이 자주 등장하는데, 이것들은 특히나
이 작용과 관련이 있다. 무언가 일어나고 있다는 것은 고정
된다는 것과는 정반대의 말일 터인데, 사내의 시는 이 분리
되지 않은 풍경을 무언가 끊임없이 일어나고 있는 몸 자체

로 파악하려는 것처럼 보인다. 사내의 시에서는 하니, 작용하는 몸이 곧 작용하는 삶이고 작용하는 삶이 곧 고정되지 않으며 끊임없이 변화하고 작용하는 대지인 것이다. 땅냄새 풍기는 사내에게 대지는 그런 의미일 터이다. 사내가 끝끝내 도달하고자 하는 거기이자 그 시절, "온갖 사람이 활짝 꽃피어 있"는 사람의 마을이야말로 바로 사내의 대지일 터이다.

주로 식물에 기생한다 입이 없고
항문이 없고 내장이 없고 생식이 없어
먹이사슬의 가장 끝자리에 있으나 이제는
거의 포식자가 없어 간신히 동물이다
태어나 일생 온몸으로 한곳을 응시하거나
누군가를 하염없이 바라보다 한순간
눈 깜박할 사이에 사라진다 짧은 수명에
육체를 다 소진하고 가서 흔적이 없고
남긴 말도 없다 어디로 가는지
어디에서 오는지 알 수 없지만 일설에,
허공을 떠도는 맹수 중에
가장 추하고 험악한 짐승이 일 년 중
마음이 맑아지는 절기의 한 날을 가려
낳는다고 한다 사선을 넘나드는
난산의 깊은 산통 끝에

116

온통 캄캄해진 몸으로 그 투명하게
반짝이는 백치의 눈망울을 낳는다고 한다
　　　　　　　　　　　　—「이슬의 탄생」 전문

　이 시에서는 이슬이라는 무생물과 동물이 분리되지 않는
다. 그 분리 불가능한 한 몸뚱이를 읽어내는 힘이 사내의 시
를 탄생시킨다고 나는 읽는다. "누군가를 하염없이 바라보
다 한순간/ 눈 깜박할 사이에 사라진다 짧은 수명에/ 육체
를 다 소진하고 가서 흔적이 없고/ 남긴 말도 없다"는 구절
은 시와 시인의 운명을 슬프게 보여주기도 할 것인데, 사내
의 끌어안음이란, "사람을 찾아다닌" 여정이란 어쩌면 이
와 다르지 않았을 것이다. 어둠 속에서도 "난산의 깊은 산
통 끝에/ 온통 캄캄해진 몸으로 그 투명하게/ 반짝이는 백
치의 눈망울을 낳는"것이야말로 사내가 뚜벅뚜벅 밤길을
걷는 이유일 것이다.
　그도 애초에 알고 있었다, "희망은 더이상 슬퍼할 수 없을
지경에 완성되는 것"(「그해 겨울」, 『다국적 구름공장 안을 엿
보다』)이란 사실을. 그럼에도 "조금만 참아라/ 다 와간다"라
고 스스로를 다잡으며 사람의 마을에서 맛보게 될 "따뜻한
국물 같은 거"에 대한 희망을 사내는, 여태 그래왔던 것처럼
결코 버리지 않을 것이다. 아직 이 밤길에서 슬퍼할 기운이
남아 있을 때까지는 온몸으로 슬퍼하며 사내가 언젠가는 희
망에 "온갖 사람들이 피어 있"는 대지에 도달하리라는 그 불

117

가능한 믿음을 결코 저버리지 않으리란 것을 나는 알고 있다. 그러면서 사내는 우리 시가 가보지 못한 대지의 모습을 언제든 새롭게 "눈망울을 낳"듯이 펼쳐 보여줄 것이다. 그가 사내이기 때문이며, 그가 또한 시인이기 때문이다.

이덕규 1961년 경기 화성에서 태어났다. 1998년『현대
시학』을 통해 등단했다. 시집으로『다국적 구름공장 안을
엿보다』『밥그릇 경전』등이 있다. 현대시학작품상, 시작
문학상, 오장환문학상을 수상했다.

문학동네시인선 077
놈이었습니다
ⓒ 이덕규 2015

1판 1쇄 2015년 11월 20일
1판 3쇄 2019년 7월 24일

지은이 | 이덕규
펴낸이 | 염현숙
책임편집 | 김민정
디자인 | 수류산방(樹流山房)
본문 디자인 | 유현아
마케팅 | 정민호 박보람 나해진 최원석 우상욱
홍보 | 김희숙 김상만 오혜림
제작 | 강신은 김동욱 임현식
제작처 | 영신사

펴낸곳 | (주)문학동네
출판등록 | 1993년 10월 22일 제406-2003-000045호
주소 | 10881 경기도 파주시 회동길 210
전자우편 | editor@munhak.com
대표전화 | 031) 955-8888
팩스 | 031) 955-8855
문의전화 | 031) 955-3576(마케팅), 031) 955-2678(편집)
문학동네카페 | http://cafe.naver.com/mhdn

ISBN 978-89-546-3843-2 03810

www.munhak.com

문학동네